LES
CHAISES A PORTEURS,

COMÉDIE EN DEUX ACTES,

IMITÉE DE L'ALLEMAND DE JUNGER:

Représentée, pour la première fois, sur le théâtre des
Variétés-Étrangères, le 22 janvier 1807.

(Par Bildenbeck,
d'après Goigal)

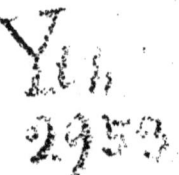
A PARIS,

CHEZ ANTOINE-AUGUSTIN RENOUARD,

RUE SAINT-ANDRÉ-DES-ARCS, n° 55.

M. DCCC. VII.

PERSONNAGES.

M. DE VELTON.

HENRIETTE , pupille de Velton.

JOSEPHINE , suivante de Henriette.

ROSENDALE , amant de Henriette.

LINVAL , ami de Rosendale.

FRONTIN , valet de Linval.

GERMAIN , valet de Velton.

L'HOTESSE d'un hôtel garni.

DEUX PORTEURS.

GENS de Velton.

La Scène est à Vienne.

LES
CHAISES A PORTEURS.

ACTE PREMIER.
SCÈNE PREMIÈRE.
HENRIETTE, JOSEPHINE.

HENRIETTE.

ENCORE une fois, Josephine, c'est inutile, je ne pourrai jamais adopter un tel projet.

JOSEPHINE.

C'est que vous n'avez pas bien saisi les raisons que votre amant vous donne. (*elle lit.*) « Consentez, pour « quelques jours seulement, ma chère Henriette, à quitter « la maison de votre tuteur. » Pour quelques jours seulement. Entendez-vous, Mademoiselle ?

HENRIETTE.

Quelle proposition !

JOSEPHINE *lit.*

« Votre tante, qui daigne approuver mon amour « pour vous, vous conduira elle-même à sa terre, vous « attendra à un quart de lieue de votre demeure. »

HENRIETTE.

Finis, je t'en prie.

JOSEPHINE *lit.*

« Et je m'impose la loi de ne paroître devant vous, « que quand vous me le permettrez. » Quelle délicatesse ! et on se refuseroit à pareil arrangement ! Allons,

allons, c'est décidé ; je veux votre bonheur, Mademoiselle, et on vous enlevera.

HENRIETTE.

Quelle folie !

JOSEPHINE.

Si vous connoissez un autre moyen pour arracher à M. de Velton, votre tuteur, un consentement qu'il refuse obstinément, ou si vous avez assez de philosophie pour renoncer à cet hymen qui doit faire votre bonheur, je serai la première à vous conseiller de ne point en venir à une pareille extrémité.

HENRIETTE.

Mais y songes-tu ? un enlèvement !

JOSEPHINE.

C'est, je le vois, le mot qui vous effraye ; je vous promets d'arranger si bien tout ceci, que dans le monde on dira que vous avez été enlevée malgré vous, alors ce sera bien différent.

HENRIETTE.

Comment peux-tu plaisanter de la sorte ?

JOSEPHINE.

Je ne plaisante point ; et rien n'est plus sérieux..... Mais chut, voici notre cher tuteur.

SCÈNE II.

Les mêmes, M. DE VELTON.

VELTON.

Que faites-vous donc ici, Mademoiselle ? Eh bien ! que signifient ces signes, cet air embarrassé, indécis ?

JOSEPHINE.

Indécis? vous vous trompez, Monsieur, nous n'avons jamais été si décidées.

VELTON.

A me contrarier, sans doute ?

JOSEPHINE.

Ah ! pouvez-vous le penser ?

VELTON.

Petite espiègle ! mais patience, bientôt je marie ma pupille; je fais maison nette, et j'aurai du repos, enfin.

JOSEPHINE.

De l'ennui, Monsieur. En vérité, vous êtes bien ingrat : si votre maison qui, avant notre arrivée ici, étoit un véritable désert, est aujourd'hui le rendez-vous des jeunes gens les plus aimables de Vienne; si vous êtes vous-même invité à tous les bals, à toutes les fêtes, ce n'est assurément qu'à cause de Mademoiselle : les politesses que l'on vous fait, les honneurs que l'on vous rend, c'est à elle seule que vous les devez; et pour reconnoître un pareil avantage, vous voulez...

VELTON.

La marier : son prétendu arrive aujourd'hui (*montrant une lettre*)*:* en voici la nouvelle, et aujourd'hui même les fiançailles ; ou demain toutes deux je vous fais reconduire dans votre couvent.

JOSEPHINE.

Nous vous remercions, Monsieur, de ce charitable avis ; nous tâcherons d'en profiter. Dites-nous du moins le nom du charmant Adonis qui doit nous procurer une nouvelle preuve de votre goût exquis.

VELTON.

Pour vous donner matière à quelques nouvelles

espiégleries? non, non, vous ne le connoîtrez que quand
il en sera temps.

JOSEPHINE.

Oh ! je le vois d'ici : un lourd Baron allemand,
noble rejeton de quelque preux chevalier, qui se croit
aimable, et n'est que ridicule ; un brave jeune homme
qui compte cinquante ans, vingt mille florins de rente,
et seize quartiers de noblesse ; c'est charmant !

VELTON,

Il suffit que mon choix soit approuvé par la raison.

JOSEPHINE.

La raison? consiste-t-elle à marier une jeune personne
contre son goût? Ah ! si j'étois à la place de Mademoiselle....

VELTON.

Eh bien ! que feriez-vous?

JOSEPHINE.

En pupille soumise et raisonnable, je vous dirois :
Mon cher tuteur, il vous a plu de faire pour moi le
choix d'un époux ; je reconnois, comme je le dois, cette
marque de votre tendresse ; mais comme j'ignorois
l'agréable surprise que vous me prépariez, mon cœur a
fixé son choix, avant que votre raison eût fait le sien,
et je vous prie de ne pas trouver mauvais que je m'y
tienne.

VELTON.

Quel excès d'audace ! je vais de ce pas....

JOSEPHINE.

Écrire à votre protégé qu'il n'a plus rien à espérer.

VELTON.

Je vais chez mon notaire faire dresser le contrat, et
ce soir même, il sera signé, entendez-vous, Mademoiselle. (*il sort.*)

SCÈNE III.

HENRIETTE, JOSEPHINE.

JOSEPHINE.

Eh bien, Mademoiselle ! attendrons-nous l'arrivée du futur ?

HENRIETTE.

Oui, j'aime mieux supporter toutes les peines qui me sont réservées, que de consentir à une démarche dont j'aurois à rougir toute ma vie.

JOSEPHINE.

A merveille ! une telle résignation tient vraiment du sublime. (*elle ferme la porte, frappe dans ses mains trois fois.*)

HENRIETTE.

Eh bien ! que fais-tu ?

JOSEPHINE.

J'avertis M. de Rosendale, de l'absence de votre tuteur.

HENRIETTE.

Et à quoi bon ?

JOSEPHINE.

Il faut bien prévenir ce jeune homme de l'effet que sa lettre a produit sur vous, lui apprendre votre résolution ; oh ! il sera touché de votre amour pour lui.

SCÈNE IV.

Les mêmes ; ROSENDALE.

JOSEPHINE.

Arrivez, Monsieur, arrivez ; nous avons d'excellentes nouvelles à vous donner.

ROSENDALE.

Ah! ma chère Henriette! un mot de votre bouche va rassurer mon cœur.

JOSEPHINE.

Vous ne pouvez arriver plus à propos. Apprenez, Monsieur, qu'une pupille soumise et bien née doit sacrifier un penchant naturel à la volonté d'un tuteur qui, mieux qu'elle, sait reconnoître ce qui peut la rendre heureuse.

ROSENDALE.

Quoi! pourroit-elle oublier aussi facilement....

JOSEPHINE.

Nous n'oublions rien, Monsieur, et nous nous rappelons toujours, avec le plus vif intérêt, les moyens délicats et honnêtes que vous avez employés pour nous plaire; mais M. de Velton ayant fait pour nous un autre choix, il est maintenant de notre devoir de tout mettre en usage pour vous persuader que nous ne vous aimons plus.

ROSENDALE.

Qu'entends-je! ah! jamais je ne pourrai me faire à l'affreuse idée de n'être plus aimé de ma chère Henriette?

HENRIETTE.

Croyez, Rosendale, que je souffre autant que vous.... Mais la raison, le devoir...

JOSEPHINE.

Vous le voyez; son émotion, son trouble, ses yeux qui se remplissent de larmes, vous montrent assez sa résignation, son indifférence.

HENRIETTE.

Josephine, tu me désespères; et ce ton léger m'annonce que tu es bien peu sensible aux peines que j'éprouve.

ROSENDALE.

Je puis donc me flatter encore....

JOSEPHINE.

De rien, Monsieur; et pour qu'à l'avenir vous ne puissiez plus douter de nos véritables sentiments, prenez cette clef que j'ai su dérober à notre tuteur : c'est celle qui ouvre cette petite porte : vous vous y rendrez à six heures précises....

ROSENDALE *à Henriette.*

Daignez-vous approuver....

HENRIETTE.

Non, non; Josephine, je t'en conjure....

JOSEPHINE.

N'allez pas, Monsieur, vous bercer d'un fol espoir : ne vous imaginez pas que, pour nous soustraire à un hymen odieux, nous nous laissions conduire chez notre tante. Non, Monsieur, si nous venons au rendez-vous, et nous y viendrons, ce sera pour vous dire un éternel adieu.

HENRIETTE.

Mais, Josephine....

JOSEPHINE.

Je pense bien qu'en amant fidèle, vous préviendrez notre tante, que vous vous trouverez au rendez-vous avec une voiture et des chevaux tout prêts.... Mais ce sera en vain.

ROSENDALE.

Ah! ma chère Henriette, je vous en supplie, donnez-moi l'espérance....

JOSEPHINE.

Nous ne pouvons en dire davantage ; vous nous avez entendues, cela doit vous suffire ; adieu.

HENRIETTE.

Ah ! Rosendale, si jamais vous pouviez me faire
repentir de ma foiblesse....

ROSENDALE.

Je jure à vos pieds de ne vivre que pour vous....

JOSEPHINE, *à Rosendale.*

Nous pourrions être surpris, éloignez-vous. A six
heures précises, à cette petite porte....

ROSENDALE.

Adieu, ma chère Henriette! et toi, Josephine, compte
sur ma reconnoissance.

JOSEPHINE.

Oui, Monsieur. (*Rosendale sort.*)

HENRIETTE.

Ah ! Josephine, qu'as-tu fait ?

JOSEPHINE.

Ce que l'injustice et la bizarrerie de M. de Velton vous
auroient fait faire un peu plus tard, et bien moins gaie-
ment peut-être. Mais continuons notre promenade, et
montrons le reste du jour la plus grande tranquillité, de
crainte de faire naître quelques soupçons à notre tuteur.
(*elles rentrent.*)

SCÈNE V.

LINVAL, FRONTIN, *arrivant par le fond
du théâtre.*

LINVAL.

Je te dis, moi, que ce doit être de ce côté !

FRONTIN.

Comme vous, étranger dans cette ville, je ne puis

guère vous servir à trouver la maison de M. de Velton, dont vous venez épouser la pupille.

LINVAL.

Allons, allons, du courage, nous la découvrirons peut-être.

FRONTIN.

Oui, du train dont vous y allez, on diroit en vérité que l'amour vous a donné des ailes.

LINVAL.

Au contraire, je marche vers le temple de l'hymen, et il me semble que j'y arriverai toujours assez tôt; mais orientons-nous d'après les renseignements que l'on nous a donnés.... Oui, c'est cela; voici la promenade sur la gauche, de l'autre côté une grande maison qui fait le coin. (*il soupire.*) Allons, Frontin, nous y voilà.

FRONTIN.

Monsieur, croyez-moi, retournons à Paris; ce soupir est d'un triste présage: nous allons à la noce comme à un enterrement.

LINVAL.

Eh! n'est-ce pas à-peu-près la même chose? maintenant on se marie comme on prend une maison à loyer; on lit l'écriteau, on se présente, on parle du prix, on demande le plus qu'on peut, on donne le moins possible, on passe bail, on se loge, et dès le lendemain on voudroit déménager.

SCÈNE VI.

Les mêmes, ROSENDALE, UN DOMESTIQUE.

ROSENDALE, *au domestique.*

Fais porter ce billet à Mad. Verner, tante de Henriette; et dans une heure les chevaux au bout de l'avenue.

Va et ne perds pas une minute. Moi, je vais attendre ici l'instant du rendez-vous.

LINVAL, *bas à Frontin.*

Mais regarde, vois-tu cet homme ? je ne me trompe pas.... C'est lui-même, Rosendale ?

ROSENDALE, *s'approchant.*

Linval ! eh ! mon ami, que je t'embrasse ! Je t'avoue que je ne m'attendois pas au plaisir de te rencontrer ici. Ce m'est vraiment une bonne fortune ; mais par quel heureux hasard ?

LINVAL.

Une jolie femme, et vingt mille florins de rente, m'ont fait échanger les brouillards de la Seine contre ceux du Danube.

ROSENDALE.

Je t'en félicite ; et si pareil sort attendoit ici tous nos aimables François, tout Paris seroit bientôt désert. Ainsi, toi, l'ami constant de toutes les belles, l'ennemi déclaré du mariage, tu viens ici contracter un tendre engagement ?

LINVAL.

Oh ! c'est bien malgré moi.

ROSENDALE.

Et comment donc ?

LINVAL.

C'est mon oncle qui se mêle de cette affaire ; il m'a vendu, et je viens consommer le marché.

ROSENDALE.

Explique-toi.

LINVAL.

Un de ses amis, ancien négociant de cette ville, a une pupille charmante, riche héritière. Mon oncle, qui a fait vœu de célibat, mais qui a la manie de marier tout le monde, me propose pour époux ; on m'accepte. Je réclame, on insiste ; je cherche à capituler, on exige que je me rende sans réserve ; et pour m'en prouver la nécessité, mon oncle me laisse le choix d'épouser la pupille ou d'être déshérité. Cette alternative met ma philosophie en défaut ; je fais des serments de fidélité à mes maîtresses, des billets à terme à mes créanciers ; on ne me retient plus, je monte en voiture, je pars et je vais me marier.

ROSENDALE.

Ah ! que ne puis-je en dire autant.

FRONTIN.

Mais, Monsieur, vous oubliez votre visite chez notre tuteur ; il sait que nous sommes arrivés.

LINVAL.

Ce maraud n'a jamais que de tristes souvenirs à me rappeler ; tu vois bien qu'à présent il m'est impossible d'aller chez lui ; j'irai ce soir.... demain ; retourne à l'hôtel, fais vuider ma voiture, et détache mes malles.

FRONTIN.

Je crois que je pourrois m'en dispenser.

SCÈNE VII.

LINVAL, ROSENDALE.

LINVAL.

Ah ça, mon ami, quels sont tes projets pour aujourd'hui ? à quel bal es-tu invité ? à quel spectacle irons-nous ? j'espère que nous passerons la soirée ensemble.

ROSENDALE.

Non, mon ami.

LINVAL.

Comment? quand je te sacrifie une épouse.

ROSENDALE.

Est-ce une raison pour que j'abandonne une maîtresse charmante ?

LINVAL.

Eh ! l'amitié d'abord, puis l'amour, voilà ma maxime.

ROSENDALE.

Tiens, mon ami, je vois bien qu'il faut que je te fasse ma confidence tout entière : écoute.

LINVAL.

Quelque roman ?

ROSENDALE.

Non : c'est une affaire de cœur ; je suis aimé.

LINVAL.

On te l'a dit.

ROSENDALE.

Et j'y crois.

LINVAL.

Allons, mon ami, tu es amoureux, je le vois bien ; on ne croit jamais ces aveux-là que quand l'on aime.

ROSENDALE.

C'est une jeune personne charmante, qui réunit toutes les graces, toutes les perfections de son sexe : représente-toi.....

LINVAL.

Passons le portrait : les femmes que l'on aime sont toujours des anges; et déjà je devine ta maîtresse.

ROSENDALE.

Je l'ai demandée en mariage, on me l'a refusée.

LINVAL.

Que tu es heureux ! et que ne puis-je me mettre à ta place !

ROSENDALE.

On a fait un choix pour elle, et mon rival, quelque sot que je ne connois pas, arrive aujourd'hui.

LINVAL.

Eh bien ! tu n'as pas de temps à perdre, il faut agir, et si je puis t'être utile, parle, je suis tout à toi. Quel est ton projet ?

ROSENDALE.

D'enlever ma maîtresse avant l'arrivée de mon rival.

LINVAL.

A merveille ! un enlèvement ! c'est la seule folie que je n'aie pas faite ; à Paris on n'est jamais obligé d'avoir recours à de tels moyens : le roman est si facile à terminer ! Mon ami, il faut absolument que je sois de la partie, et que tu me donnes un rôle dans cette aventure.

ROSENDALE.

Mais songe donc que cela peut faire du bruit.

LINVAL.

Que m'importe ?

ROSENDALE.

A la veille d'un hymen, la prudence exige....

LINVAL.

Je ne crains rien : j'oblige un ami, voilà mon excuse. Allons, allons, je ne te quitte plus, et j'enlève avec toi.

ROSENDALE.

Mais, mon ami....

LINVAL.

Ne peut-il pas t'arriver quelque chose d'extraordinaire, quelque incident inattendu ? et quand on est deux, on peut parer à tout.

ROSENDALE.

Allons, puisque tu le veux, j'y consens ; prends
garde que quelque imprudence....

LINVAL.

Sois tranquille.

ROSENDALE.

Mais à propos, tu ne m'as pas encore dit le nom de
ta future ?

LINVAL.

Permets, mon ami, que je t'en fasse un mystère,
jusqu'à ce que j'aie vu ce digne objet de mon amour.

ROSENDALE.

Et pourquoi tant de discrétion ?

LINVAL.

C'est par procédés ; quelque desir que j'aie d'hériter
un jour de mon oncle, encore faut-il que ma future
soit assez jolie pour que l'on ne m'accuse pas de l'avoir
épousée par amour pour la succession ; la délicatesse
exige donc que je garde mon secret jusqu'à la première
entrevue ; si j'épouse, tu seras le premier dans ma confidence ; si je n'épouse pas, je pars sans nommer les
masques.

ROSENDALE.

Je t'approuve.... Mais la nuit s'approche ; c'est ici le
lieu du rendez-vous, parlons bas.

LINVAL.

Quoi ! c'est ici ?

ROSENDALE.

Oui.

LINVAL, à part.

C'est singulier ; je croyois que cette maison étoit pré-
cisément celle....

ROSENDALE.

Parle donc plus bas.... Tout est tranquille, je puis ouvrir la porte.

LINVAL.

Oui, entrons.

ROSENDALE.

Eh ! non, demeure.

LINVAL.

Ah ! j'entends, je vais faire ici sentinelle.

ROSENDALE.

Mais où est donc cette maudite clef ?

LINVAL.

Si tu pouvois l'avoir perdue; premier incident, un mur à escalader.

ROSENDALE.

Non, la voici.

(Il ouvre la porte, et entre dans le jardin.)

SCÈNE VIII.

LINVAL, *seul.*

Il faut avouer que je ne pouvois faire mon entrée à Vienne d'une manière plus brillante. Demain tout le monde s'occupera de cette aventure; et que sait-on? peut-être que ma prétendue entendra parler de moi, avant de m'avoir vu. Ce moyen de me faire annoncer chez elle est assez original. Que vois-je? une femme?

SCÈNE IX.

HENRIETTE, LINVAL.

LINVAL.

Seroit-elle seule? oui, en vérité, toute seule.... Ceci devient piquant.

2

HENRIETTE.

Est-ce vous, Rosendale?

LINVAL.

Mademoiselle.

HENRIETTE.

O ciel ! ce n'est pas lui !

LINVAL.

Rassurez-vous, Mademoiselle, je suis l'ami de Rosendale : il vient d'entrer dans ce jardin, pour aller au-devant de vous ; c'est étonnant qu'il ne vous ait pas rencontrée. Mais il ne peut tarder à revenir ; daignez attendre un instant.

HENRIETTE.

Non, Monsieur, il faut que je me retire.... Et je vous prie de dire à votre ami. (*on entend parler dans les coulisses.*) O ciel ! c'est la voix de mon tuteur !

LINVAL.

Il vient de ce côté.

HENRIETTE.

Grand Dieu ! que devenir !

LINVAL.

Rassurez-vous, Mademoiselle.

HENRIETTE.

Oh ! quelle imprudence !

LINVAL.

Le voici, retirons-nous derrière cet arbre.

SCÈNE X.

Les mêmes cachés. M. DE VELTON, GERMAIN.

VELTON.

C'EST singulier ; Linval arrivé depuis une heure à Vienne, n'est déjà plus à son auberge.

GERMAIN.

Ne vous a-t-on pas dit, Monsieur, qu'il étoit allé chez vous ? entrons, nous l'y trouverons sans doute.

VELTON.

J'aurois été bien aise de le rencontrer, de lui parler avant qu'il vît ma pupille. Mais n'importe : la clef, Germain ?

GERMAIN.

Vous savez bien, Monsieur, que vous la portez toujours sur vous.

VELTON.

C'est vrai, mais je ne l'ai pas.

GERMAIN, *regardant à la porte.*

Je le crois bien, elle est à la porte.

VELTON.

A la porte ! que veut dire ceci ? me l'auroit-on dérobée ?.... quelqu'un se seroit-il introduit chez moi ? entrons, visitons par-tout.

LINVAL, *s'avançant sur la sc.:*

Ils sont partis. Il ne m'a pas été possible d'entendre un mot de tout ce qu'ils ont dit ; mais il me semble qu'on a tiré la porte.... oui, elle est fermée.... la clef n'y est plus.

HENRIETTE.

Que vais-je devenir ? malheureuse que je suis !

LINVAL.

Je ne connois personne dans cette ville, et je ne sais en vérité où vous conduire.... mais cet arbre s'agite.... j'entrevois quelqu'un à travers les branches ! Rosendale ? est-ce toi ?

ROSENDALE, *sur un arbre dont le tronc est en dedans du jardin.*

Linval ?

HENRIETTE.

Rosendale ?

ROSENDALE.

C'est vous, ma chère Henriette ?

LINVAL.

Arrive donc, malheureux !

ROSENDALE.

Le moyen, je suis enfermé.

LINVAL.

Saute par-dessus le mur.

ROSENDALE.

Mais, silence, voilà le tuteur qui revient.... il va peut-
être sortir.... de grace, éloignez-vous. (*on voit paroître la lueur des flambeaux, et on entend parler
très haut dans le jardin; on doit reconnoître la voix
de M. de Velton, disant :*) Parcourez ces allées ; voyez
par-tout....

LINVAL.

Venez, Mademoiselle, mon hôtel n'est qu'à deux
pas ; l'hôtesse est une femme honnête, respectable, chez
qui, en attendant, vous serez parfaitement en sûreté....

HENRIETTE.

Ah ! combien je me reproche ma démarche impru-
dente !

(*Le bruit redouble derrière le mur; Linval et
Henriette s'éloignent.*)

ROSENDALE.

Mais attendez-moi donc.

FIN DU PREMIER ACTE.

~~~~~~

ACTE II.

(Salon d'auberge.)

SCÈNE PREMIÈRE.

HENRIETTE, L'HOTESSE.

L'HÔTESSE.

Eh bien, Mademoiselle, comment vous trouvez-vous maintenant ?

HENRIETTE, *se levant.*

Beaucoup mieux, grace à vos soins obligeants : je me sens même la force de retourner chez moi, si vous voulez avoir la bonté de faire venir une chaise à porteurs.

L'HÔTESSE.

Je ne demande pas mieux, Mademoiselle, assurément.... (*revenant*) mais je vous prie d'observer qu'il vaudroit mieux attendre encore quelques instants.

HENRIETTE.

Non, Madame, je ne puis rester davantage.

L'HÔTESSE.

Il suffit, et vous allez être obéie.... mais je crois devoir vous représenter que ce jeune étranger, votre libérateur, qui vous a conduite ici, me blâmera peut-être d'avoir favorisé votre départ.

HENRIETTE.

Ne craignez rien; ce jeune homme au contraire vous saura gré du service que vous m'aurez rendu.

L'HÔTESSE.

Oh ! puisqu'il est ainsi, je vais envoyer chercher des

porteurs.... Cependant il seroit, je crois, convenable que vous attendissiez le retour de ce jeune homme ; il est allé, m'a-t-il dit, chercher un de ses amis.

HENRIETTE.

· Ah, Madame ! que vos observations m'importunent !

L'HÔTESSE.

Ce que j'en fais, c'est uniquement pour vous obliger... et je cours.... Mademoiselle seroit peut-être mieux dans une voiture ?

HENRIETTE.

Non, Madame, une chaise à porteurs, je veux sortir d'ici avec le moins d'éclat possible.

L'HÔTESSE.

Pardon, Mademoiselle, pardon; mais c'est que quand je me mêle de quelque chose, je veux tout connoître, tout prévoir, m'occuper des plus petits détails : aussi tout va dans ma maison avec un ordre, une symétrie admirables: c'est peut-être un défaut ; mais, sans me vanter, je puis bien dire que je n'ai que celui-là. J'ai l'honneur d'être votre très humble servante....

(*Elle fait plusieurs révérences.*)

SCÈNE II.

HENRIETTE.

ME voilà donc seule, abandonnée dans une auberge... ah ! suis-je assez punie de mon imprudence ! si cette aventure fait du bruit, oserai-je jamais reparoître dans le monde ? je serai déshonorée, privée de l'estime publique..... Rosendale ! Rosendale ! dans quel abîme m'avez-vous précipitée..... Mais son ami tarde bien à revenir....., j'aurois voulu savoir..... je l'entends ?

SCÈNE III.

LINVAL, HENRIETTE.

HENRIETTE.

Ah ! Monsieur, pourrez-vous m'apprendre ce qu'est devenu votre ami ?

LINVAL.

Non, Mademoiselle, je n'ai pu le rencontrer.... et l'obscurité de la nuit m'a empêché de retrouver l'endroit où nous l'avons laissé.

HENRIETTE.

Ainsi, j'ai perdu tout espoir ! je vous rends grace, Monsieur, des secours que vous m'avez accordés. Mais il faut que je vous quitte, et des porteurs que j'ai demandés vont me reconduire chez mon tuteur.

LINVAL.

Chez votre tuteur ?

HENRIETTE.

Oui, Monsieur, il en est temps, encore. Je vais me jeter à ses pieds, implorer mon pardon ; et pour effacer ma faute, et appaiser sa juste colère, lui promettre d'accepter l'époux qu'il m'a choisi.

LINVAL.

Ah ! Mademoiselle, souffrez que je m'oppose à ce projet. Rosendale vous a confiée à mes soins, et je trahirois son amitié si je vous laissois faire une démarche qui le priveroit, pour la vie, de ce qu'il a de plus cher au monde.

HENRIETTE.

Ah ! ne combattez pas une résolution qui peut seule réparer mes torts.

LINVAL.

Votre tuteur seul est coupable: en abusant des droits
que lui a donnés sur vous l'amitié de vos parents , il
vous a forcée de vous affranchir de sa sévérité. Vous êtes
libre maintenant , et vous ne devez paroître chez lui
que comme l'épouse de Rosendale. La plus cruelle nécessité vous a contrainte à vous réfugier d'abord dans
cet hôtel; vous ne pouvez y demeurer plus long-temps
sans vous compromettre ; heureusement je puis vous
offrir un autre asile plus digne de vous.

HENRIETTE.

Un autre asile !

LINVAL.

Où l'on saura vous rendre les égards qui vous sont
dus. En cherchant à rencontrer Rosendale , mon valet
m'a indiscrètement nommé, et j'ai été abordé par le
négociant de cette ville à qui je suis adressé ; il m'a
témoigné la plus vive amitié; il paroît le meilleur homme
du monde, et c'est chez lui que je vais vous conduire.

HENRIETTE.

Comment, Monsieur....?

LINVAL.

Je l'intéresserai en votre faveur : à l'aide de ce voile ,
sans être reconnue , vous pourrez rester dans sa maison.
Demain je retrouverai mon ami, et ensemble nous
chercherons les moyens d'assurer votre bonheur commun.

HENRIETTE.

O ciel ! que dois-je faire ?

SCÈNE IV.

HENRIETTE, LINVAL, FRONTIN.

FRONTIN.

Ah ! Monsieur, mauvaises nouvelles....

LINVAL, *le poussant vers un coin du théâtre.*

Tais-toi donc, traître ? ne vois-tu pas Mademoiselle ? Qu'est-ce ?

FRONTIN, *à demi-voix.*

A peine descendus de voiture, nous voici déjà brouillés avec la police de Vienne.

LINVAL.

Après ?

FRONTIN.

On parle d'une jeune personne enlevée.... on vous désigne comme le ravisseur ; des hommes à sinistres figures rôdent autour de l'hôtel. Je crois qu'il seroit prudent d'en sortir au plus vîte.

LINVAL, *bas à Frontin.*

J'y vais songer, tais-toi. Eh bien ! Mademoiselle, vos porteurs n'arrivent pas.... il faudroit pourtant quitter cette maison.... Frontin, cours vîte nous en chercher d'autres....

FRONTIN.

Mais, Monsieur....

LINVAL.

Je n'ai pas besoin de tes observations.... Va donc, tu devrois déjà être revenu.

SCÈNE V.

HENRIETTE, LINVAL.

HENRIETTE.

Eu ! Monsieur, ce valet vous auroit-il en effet donné quelques fâcheuses nouvelles ?

LINVAL.

Au contraire, Mademoiselle. (*à part.*) Craignons de l'alarmer. (*haut*) Ce sont les nouvelles les plus satisfaisantes....

HENRIETTE.

Cependant je vous vois un air inquiet, troublé....

LINVAL.

Ce n'est rien.... l'impatience que j'éprouve de voir arriver ces porteurs.... (*à part*) Je tremble que nous ne soyons surpris.

HENRIETTE.

Combien je suis sensible à l'intérêt que vous me témoignez.... mais si vous savez quelque chose, ne m'en faites point mystère.... je vous en conjure....

LINVAL.

Le maraud ne revient pas.... il me tarde, Mademoiselle, de vous arracher de ces lieux.... J'ai remarqué dans ce cabinet, une porte qui conduit dans la cour; si vous le permettez, nous irons au-devant de votre chaise.... les misérables valets sont d'une lenteur.... et dans ce moment, nous ne pouvons d'ailleurs trop prendre de précautions.

HENRIETTE.

Allons, Monsieur, je m'abandonne à vos conseils.

LINVAL, *à part.*

Mon vieux négociant dira ce qu'il voudra, mais je vais implorer son appui. (*il sort avec Henriette par ce cabinet.*)

SCÈNE VI.

FRONTIN, DEUX PORTEURS.

FRONTIN, *aux Porteurs.*

Oui, entrez dans cette salle. Monsieur, voici des porteurs.... Eh bien! personne? où sont-ils donc? voyons dans ce cabinet.... une porte qui donne sur la cour, elle est ouverte.... allons, plus de doutes, ils sont partis. (*aux Porteurs*) Mes amis, on n'a plus besoin de vous, et vous pouvez vous en retourner.

UN PORTEUR.

Quand nous serons payés.

FRONTIN.

Eh! vous n'avez porté personne.

LE MÊME,

Est-ce notre faute? vous nous avez déplacés, et vous nous payerez: c'est l'usage.

FRONTIN.

Ah! c'est l'usage! il faut absolument que vous portiez quelqu'un? eh bien, marauds, portez-moi. (*il ouvre la chaise, et se place dedans.*)

LE MÊME.

Où Monsieur veut-il aller?

FRONTIN, *se donnant des airs.*

Ma foi, où vous voudrez, à l'opéra, à la bourse, au cours. (*les Porteurs ferment la porte de la chaise, et se disposent à partir.*)

SCÈNE VII.

LES PORTEURS, FRONTIN, *dans la chaise,* **M. DE VELTON, L'HOTESSE, GENS** de l'auberge.

VELTON *aux Porteurs.*

HALTE-LA, qu'on ferme cette chaise, et qu'on m'en donne la clef; ou plutôt je la fermerai moi-même. (*il ferme à clef la porte de la chaise.*) (*à l'Hôtesse à part*) Madame, je puis compter sur votre discrétion ?

L'HÔTESSE.

Comme sur la vôtre, Monsieur.

VELTON.

Apprenez donc que la personne que je viens de renfermer dans cette chaise, est une jeune demoiselle....

L'HÔTESSE.

J'allois vous le dire, Monsieur.

VELTON.

Et que cette jeune demoiselle est ma pupille.

L'HÔTESSE.

J'allois le penser.

VELTON.

Un nigaud de valet qui cherchoit des porteurs, a tout conté à un de mes gens, et je l'ai suivi pour m'emparer de la coupable, au moment où elle entroit dans cette chaise; mais si jamais je rencontre ce fripon de valet, il me le paiera cher.

L'HÔTESSE.

C'est fort bien.... mais je vous prie d'observer....

VELTON.

Comme je ne veux pas qu'on la reconnoisse, ni que cette affaire fasse du bruit, ordonnez à votre monde de se retirer, et aux porteurs de demeurer ici.

L'HÔTESSE.

Je ne demande pas mieux, Monsieur.... mais cependant je vous prie d'observer que mon devoir....

VELTON, *lui donnant une bourse.*

Votre intérêt, Madame, doit vous être aussi sacré.

L'HÔTESSE.

J'avoue qu'en certaines occasions.... (*à ses gens*) Sortez.

VELTON, *avec force, parlant à la personne qui est dans la chaise.*

Vous voilà donc, pupille ingrate et rebelle? vous avez cru vous soustraire à ma juste autorité.... mais je vous tiens à présent, et vous ne m'échapperez plus. (*Frontin, à travers une des petites croisées de la chaise, fait différens gestes ridicules, suivant les mouvemens de la scène.*)

L'HÔTESSE, *bas à Velton.*

Mais, Monsieur, observez donc que ces porteurs vous entendent.

VELTON.

Ah! c'est vrai, et je me tais.... (*s'adressant encore à la chaise*) La honte et l'humiliation vous empêchent d'implorer ma pitié, et vous avez raison; car je serois inexorable....

L'HÔTESSE.

Mais, Monsieur, ces hommes pourront trahir le secret que vous voulez garder....

VELTON.

C'est fini, c'est fini.... c'est que la colère.... (*à la chaise*) ingrate, perfide.... je ne sais qui me retient.... (*aux Porteurs*) Suivez-moi vous autres....

(*Frontin se démène, et fait toutes sortes de lazzis, en ouvrant et refermant une des petites croisées.*)

(*ils sortent tous.*)

SCÈNE VIII.

Salon, chez M. Velton.

JOSEPHINE.

Personne ne rentre, et depuis plus d'une heure je suis seule dans la maison. L'absence de M. de Velton commence à m'inquiéter.... auroit-il découvert les traces de Henriette? auroit-il fait courir après elle? je tremble... Oh! ma frayeur est vaine, M. Rosendale aura bien pris ses précautions, et je gagerois qu'en ce moment Henriette est arrivée chez sa tante. Mais j'entends du bruit.... Voyons.

SCÈNE IX.

LINVAL, JOSEPHINE.

LINVAL.

Pardon, Mademoiselle, si je me présente sans être annoncé; je n'ai trouvé personne au vestibule, ni dans l'antichambre.

JOSEPHINE.

En effet, tout le monde est sorti.

LINVAL.

Je desire parler à M. de Velton.

JOSEPHINE.

Il est absent lui-même.

LINVAL.

Oh ! quel contre-temps. Mademoiselle, vous êtes sans doute de cette maison ?

JOSEPHINE.

Je suis la suivante de la jeune pupille de M. de Velton.

LINVAL.

Une suivante, aussi jolie, donne une idée bien avantageuse de la beauté de sa maîtresse.

JOSEPHINE.

A ce ton galant on prendroit monsieur pour un Parisien.

LINVAL.

Je le suis en effet ; je me nomme Linval, et vous voyez en moi l'heureux mortel à qui M. de Velton a destiné la main de sa pupille.

JOSEPHINE *étonnée.*

C'est vous, Monsieur ?.... (*à part.*) Eh bien ! il arrive à temps.

LINVAL.

En l'absence de M. de Velton, ne pourrois-je avoir l'honneur de saluer votre aimable maîtresse ?

JOSEPHINE, *à part.*

Oh ! quelle demande ! (*haut*) Je ne crois pas, Monsieur, que vous puissiez la voir en ce moment, elle est indisposée.

LINVAL.

Indisposée.... ô ciel ! auroit-elle besoin de secours ? j'ai quelques connoissances en médecine, et si mon art pouvoit lui être utile....

JOSEPHINE, *le retenant.*

Cela ne sera rien, Monsieur, et vous pouvez vous dispenser de ce soin obligeant....

LINVAL, *avec impatience.*

Vous ne vous figurez pas, Mademoiselle, combien l'indisposition de votre maîtresse et l'absence de M. Velton me contrarient.

JOSEPHINE.

Et pourquoi donc ?

LINVAL.

Tenez, jugez vous-même de l'embarras où je me trouve. Un de mes intimes amis que je rencontre, en arrivant dans cette ville, me prie de l'aider à enlever de chez ses parents une jeune personne qu'on lui refuse.

JOSEPHINE.

Qu'entends-je ? quels rapports d'événements !

LINVAL.

Par un incident imprévu, mon ami se trouve renfermé dans la maison, et sa maîtresse est remise entre mes mains ; l'amitié, l'honneur me font un devoir de veiller à sa sûreté, jusqu'à ce que mon ami soit libre. Inconnu dans cette capitale, je ne sais où la conduire ; je pense à M. Velton, j'accours implorer sa pitié, il est absent ; je pourrois du moins invoquer la générosité de sa pupille, elle est indisposée. Est-on plus malheureux ?

JOSEPHINE, *à part.*

Oh ! plus de doutes, c'est Henriette elle-même.

LINVAL.

Eh bien, Mademoiselle, que dites-vous donc ?

JOSEPHINE.

Je dis, Monsieur, que ma maîtresse ne peut qu'ad-
mirer un pareil procédé, et à l'instant même vous pouvez
conduire ici la jeune personne à qui vous vous intéressez
si vivement.

LINVAL.

Ne faudroit-il pas auparavant que j'obtinsse l'aveu de
votre maîtresse ?

JOSEPHINE.

Elle vous l'accordera, n'en doutez point.

LINVAL.

Veuillez le lui demander.

JOSEPHINE, *à part.*

Ah ! quel embarras !

LINVAL.

Ne me refusez pas cette faveur.

JOSEPHINE, *à part.*

Feignons pour le satisfaire. (*haut*) J'y vais, Monsieur, et je reviens aussi-tôt. (*elle entre dans un
cabinet.*)

LINVAL *seul.*

Tout réussit au gré de mes désirs ; et mon aimable
inconnue, qui m'attend à deux pas d'ici, dans une chaise
bien fermée, sera parfaitement bien dans cette maison.

JOSEPHINE, *revenant.*

Ma maîtresse, Monsieur, vous accorde l'asile que vous
demandez.

LINVAL, *avec joie.*

Ah ! ce trait de sensibilité m'attache à elle pour la
vie, et je mets maintenant tout mon bonheur à devenir
bientôt son époux. (*il sort.*)

5

SCÈNE X.

JOSEPHINE.

JE ne reviens pas de mon étonnement : comment M. Rosendale a-t-il pu livrer sa maîtresse à son rival, et pourquoi ce rival la ramène-t-il chez son tuteur ? Ce M. Linval auroit-il trahi la confiance de son ami ? Non, non, il a l'air trop franc, trop loyal, et puis il n'auroit pas pris toutes ces précautions. (*on frappe à la croisée*) Mais on frappe à cette fenêtre.... Encore ? qu'est-ce que cela signifie ? je ne suis pas tranquille ; cette salle donne sur la terrasse du jardin, et si quelque voleur....

SCÈNE XI.

ROSENDALE, *en dehors*, JOSEPHINE.

ROSENDALE.

MADEMOISELLE ! mademoiselle Josephine ?

JOSEPHINE.

On m'appelle... ce son de voix ne m'est pas étranger.

ROSENDALE.

De grace, ouvrez-moi.

JOSEPHINE, *ouvrant la croisée*.

Eh ! mon Dieu ! c'est M. Rosendale ! Quoi ! Monsieur, c'est vous ?

ROSENDALE, *sautant dans la chambre*.

C'est moi-même, transi, morfondu, dans un état digne de pitié.

JOSEPHINE.

D'où venez-vous donc ?

ROSENDALE.

De ce jardin dont j'ai vingt fois parcouru tous les coins sans pouvoir en sortir. Heureusement j'ai vu paroître une lumière à travers cette croisée, je m'en suis approché, j'ai entendu ta voix, j'ai frappé, tu m'as ouvert, je suis libre, et je me sauve. Adieu.

JOSEPHINE, *le retenant.*

Et où courez-vous?

ROSENDALE.

Retrouver ma chère Henriette, que j'ai confiée à un de mes amis.

JOSEPHINE.

A M. Linval, n'est-ce pas?

ROSENDALE.

Oui.

JOSEPHINE.

Eh bien! félicitez-vous, Monsieur, c'est votre rival.

ROSENDALE.

Malheureux!

JOSEPHINE.

Il doit vous avoir une grande obligation; lui livrer sa maîtresse, le trait est généreux.

ROSENDALE.

Ah! je connois Linval, il est incapable d'abuser de cette méprise.... Mais qu'entends-je?

JOSEPHINE.

C'est, je crois, M. de Velton... tout est perdu s'il vous trouve ici. Entrez dans ce cabinet.

SCÈNE XII.

JOSEPHINE, LINVAL, HENRIETTE.

LINVAL, *faisant sortir Henriette d'une chaise à porteurs, qui reste en dehors du salon.*

CALMEZ vos inquiétudes, Mademoiselle, nous voici arrivés.

HENRIETTE, *levant son voile.*

Où suis-je? (*appercevant Josephine*) Josephine !

JOSEPHINE, *à part.*

C'est elle-même.

HENRIETTE.

Ah ! Monsieur, que je vous rends grace de l'agréable surprise que vous me ménagiez sans doute. Je ne connois pas en effet de retraite plus convenable pour moi, que la maison de mon tuteur.

LINVAL.

M. de Velton est votre tuteur ?

SCÈNE XIII.

Les mêmes.

ROSENDALE, *sortant du cabinet.*

AH ! mon ami ! tu nous a perdus....

LINVAL.

Je m'apperçois en effet que je ne pouvois plus mal choisir ; aussi pourquoi m'as-tu abandonné ? où étois-tu donc ?

ROSENDALE.

Dans ce maudit jardin, où je serois probablement

resté jusqu'au jour, si Josephine ne m'eût ouvert cette croisée. Si tu m'avois dit tantôt le nom de ton négociant, tout ceci ne seroit pas arrivé : ta fatale discrétion va m'enlever, pour jamais, ma chère Henriette.

LINVAL.

Non, mon ami, j'ai fait le mal, je veux le réparer.

ROSENDALE.

Par quel moyen ?

LINVAL.

Je l'ignore ; la circonstance m'inspirera.

JOSEPHINE, *accourant au fond du théâtre.*

Voici M. de Velton.

LINVAL, *à Henriette.*

Daignez, Mademoiselle, vous retirer un moment ; il ne faut pas qu'il sache que vous êtes ici. (*à Rosendale*) Toi, laisse-nous, et soyez tous deux prêts à paroître au premier signal.

SCÈNE XIV et dernière.

LINVAL, JOSEPHINE, VELTON, DEUX PORTEURS, FRONTIN, *dans la chaise.*

VELTON, *à part.*

CIEL ! monsieur Linval. (*à ses porteurs*) Sortez. Monsieur, je vous salue, je suis enchanté de vous trouver ici.

LINVAL.

L'impatience que j'ai de saluer votre aimable pupille...

VELTON, *à part.*

Ma pupille ? (*à Josephine*) Sait-il ce qui s'est passé ?

JOSEPHINE, *bas.*

Non, Monsieur.

LINVAL.

Ne m'a pas permis de remettre à demain ma première visite.

VELTON.

Un tel empressement ne peut que lui être fort agréable.

LINVAL.

Je puis donc me flatter que vous me permettrez de lui présenter mon hommage ce soir même ?

VELTON.

Oui, Monsieur ; je la ramène de chez ma sœur, où nous avons été passer une partie de la soirée.

LINVAL, *bas.*

Ah ! vous la ramenez ?

VELTON.

Elle est dans cette chaise.

JOSEPHINE, *à part.*

En voici bien d'une autre.

LINVAL.

Quoi ! mademoiselle Henriette ?

VELTON.

Elle-même. (*il ouvre la chaise*) Venez, mon aimable pupille.... (*on voit Frontin qui se donne des airs, et qui a la figure couverte avec son mouchoir*) Que vois-je ?

LINVAL, *riant.*

C'est Frontin, mon valet.

JOSEPHINE, *riant.*

Ah ! ah ! ah ! ah !

LINVAL.

Et que fais-tu là, faquin ?

FRONTIN.

Eh ! mais, Monsieur, je vais à l'opéra.

VELTON.

O rage ! ô fureur !

LINVAL.

Pourquoi ces cris, cet emportement ?

VELTON.

Je suis trahi, Monsieur, on a enlevé ma pupille.

LINVAL.

Je le sais, Monsieur.

VELTON.

Comment, vous le savez ?

LINVAL.

Oui, Monsieur ; et vous jugez que maintenant je ne peux plus l'épouser. Si vous refusez de l'unir à son amant, je publie demain cette aventure, vous devenez l'objet des plaisanteries de toute la ville, et vous perdez sans retour l'amitié et la confiance de mon oncle.

VELTON.

Mais, Monsieur....

LINVAL.

Si, au contraire, vous approuvez cette union, je garde sur tout ceci le plus profond secret, et vous aurez le plaisir d'avoir fait le bonheur de votre pupille.

VELTON.

Mais où est-elle ?

LINVAL.

Vous la reverrez quand vous aurez prononcé ?....

VELTON.

Mais le dédit que j'ai fait avec votre oncle ?

LINVAL.

Je vous le rendrai.

VELTON.

Mais la dot qu'il faut que je paie ?

LINVAL.

Vous la garderez ; Rosendale peut s'en passer....

VELTON.

Ma foi, Monsieur, vos raisons sont d'une force....

LINVAL, *appelant.*

Paroissez, mes amis....

HENRIETTE, *se jetant aux genoux de son oncle.*

Mon cher tuteur.

ROSENDALE, *de même.*

Monsieur ! Ah ! Linval, que je t'ai d'obligations !

VELTON, *à Linval.*

Qu'est-ce à dire ? vous connoissiez Monsieur ?

LINVAL.

C'est mon ami ; et vous ne pouvez me blâmer d'avoir
assuré sa félicité.

HENRIETTE, *à Velton.*

Ah ! Monsieur, combien je regrette....

LINVAL.

De grace, Mademoiselle, ne parlons plus de cela : si
quelqu'un doit ici éprouver des regrets, c'est moi seul
en perdant l'objet charmant qui m'étoit destiné ; désor-
mais je promets de ne plus me mêler d'enlèvement
sans connoître bien la carte du pays.

www.ingramcontent.com/pod-product-compliance
Lightning Source LLC
Chambersburg PA
CBHW060845180626
46818CB00004B/1589